花かんざし

村瀬和子

思潮社

花かんざし

村瀬和子

思潮社

目次

I

II

装幀＝思潮社装幀室

花かんざし

I

花かんざし

あなたがここへ来た日
病室の外は栗若葉だった

緑があってよかったね
そう風も吹いていて

栗若葉は眩しい緑で
まだお母さんだったあなたは目を細くした

栗若葉は青葉となり

雨季　白い花穂を垂らした
お嫁に来た日のお母さんの花かんざしのようだった
――栗はね　花穂を垂れるとき　既に身のうちに虫を抱いているのよ――

お母さんの虫は　どんな虫だろう
わたしたちは声をたてて笑った

その日から
お母さんはお母さんでなくなり

ある暑い八月の日暮れ
不意に青い実が地に落ちた
お母さんが食われないうちに

わたしたちは　とげに指を刺されながら虫を探した

一番下の妹が虫眼鏡で見ても
虫は何処にもいなかった
もう食われるものもなくなった
お母さんの栗が夜露にぬれて
青い実は泣きたいほど小さいのである

萩の雨

うつつなく
糸を通す仕草の母よ

ついの終りのときを
何を繕い何を縫おうというのか
白いベッドに横たわったあなたの
何度でも繰り返す糸を通す仕草に

わたくしたちはいくつかを想像することは出来る

ああ　友子ちゃんの祭りの晴れ着
肩揚げが下ろしてないのね
敏子ちゃんのお膝が鍵裂けて
光子ちゃんのお袖は綻びたまま

もういいよ　お母さん
生きていれば襤褸ばかり
繕うこともかがることも叶わぬ忸怩ばかりを
お互い破れ衣は八方破れのままが生きた証し

片袖残したあなたの旅立ちの衣
帷子の両袖はとうに美しく縫われているというのに
何度でも糸を通す
わからない

わからない仕草が母の言葉
言葉を通りこした母の言葉

通らない針の穴に糸を通す
病室の外は絹のように細い萩の雨だ

カンナ

嫁ぐ前の日　わたしはもう何時間も袴の前に坐り続けていた　時計は夜半過ぎ　不器用なわたしは袴の紐の畳み方が憶えられないでいるのだ　もともと教わる側に習う気がない　日がな一日坐らせておいても　母の気の済む結び方が出来よう筈はなかった
とげのような言葉を娘に浴びせかけ　母は隣の部屋にひきこもっている　眠っていない証拠に隣室はひそとも物音を立てなかった

初めて娘を嫁がせる母は気負っていた

私の娘ならば　姑に言いつけられて出来ないとはひとこ
とも言うなという
相似る母と娘は火花を散らし　袴の紐は畳まれじまいの
花婿は羽織袴で　姑はさらさらと何のことはない略式の
蝶結びに畳んでみせた
母は姑ににこにことはぐらかされ
わたしは憶えていない袴の紐を正式に畳んだ

お母さん
カンナが真っ赤に咲いて
あなたの戦中戦後が燃えてゆきます

辛かった苦しかったことのみ多い
この世の終りを
人生はドラマのようね

面白かったねと
機嫌よくさくらさくらを歌ったりもしたのでした

カンナが火柱のように立って
お母さん
絆とはしがらみのようなもの足かせのようなものと
あなたの熱い骨を拾っています
足から腰胸首顔
そして白い頭で蓋をして　生きているままのかたち
烈しかったあなたが小さな骨壺に納められて

お母さん
わたしは今　妹たちに袴の畳み方を教えています
わたしはわたしの心の崩れる音を聞いています

いちご飴

盆の夜更け
青い光の中で母がきしきしと彌《ひさ》さんを洗っている
泣きながら洗っているのだ

遠い日
彌さんが不意にいなくなった
珍しいことではなかったが
明け方駐在さんに連れられて戻って来た
お八幡様の吹きざらしの拝殿に

ぽつんと坐っていたという

手にはその頃一円キャンデーと呼んでいた
棒のついたいちご飴が三本
役場の夜警さんといっしょだったと

彌さんの裸身は雪のような餅肌で
手足だけが何故かざらりと鮫肌だった

一銭に二厘足りない彌さんは父の一番下の妹で
わたしは八厘銭だとあどけなく語る

騙した男は人魚のように彌さんを抱いたのだろうか
それともざらりと逆立つ鱗の肌に
青ざめて逃げ出したのだろうか

彌さんがにこにこといちご飴をなめている

見送って久しく
母もこの世の人ではないというのに

盆ごとの青い夜更け
彌さんの鱗をこそげ落とそうと
母は泣きながら彌さんを洗い続けるのである

暮雪

それっきり
百舌鳥は鳴かなかった
暮れる景色を雪に見ている

まだ歩けるうちに
母たちの時代は終ったから
濃紫の美しい後姿を残して
舞台を去ることが出来た

もう終りたくても終れないでいる

わたしたちの時代は
少し哀しい跛行のあとを見せながら
橋懸りを歩かねばならなかった

歳暮を送ったひとが
死者となった

死者となったひとから
年賀状が届いた

百舌鳥が鳴かなくなった日から
雪は小止みなく降りしきり

濃紫の着物も跛行のあとも
いつしか形をなくしてゆくのである

水のほとり

父の書記に熱い思いを寄せたのは中国零陽の太守の娘である　彼女は書記のしなやかな指を洗った泉の水を飲んで母となった　その子が漸く歩けるようになった頃　太守に抱かれた幼児は　父の名を問われてまっすぐに書記の膝に這い寄った　驚きうろたえた書記が押しのけると　男の子は床に倒れ伏し安らかに水となって泉に流れ去ったということだ　黒い瞳は父の書記を見つめたまま　長いまつ毛には大粒の涙が宿されていた

川のほとりで空海に出会った美しい信女は　彼の飲み残

した茶を口にふくんで妊り　玉のような男の子を生ん
だ　童子が空海に邂逅した春の一日　父のかぐわしい息
を受けた幼い者は　たちまち水の泡となって消え失せた

私が生まれた朝　父は自分そっくりのぶざまな拇指に慟
哭したという　そのほかに父である娘であるどのような
確かめかたがあったというのだろう

父を荼毘に付した日　母は小さな骨を手渡した　ぶざま
に平たい父の拇指は　白く細い骨となって淋しい音色を
立てた

父の骨を川に流した　父よりもさらに細い骨となる日
私はまっすぐに父に流れ寄ることが出来るだろうか

神なる旅人　旅人なる父は　いつもこうして淋しい物語として語りつがれ　形見を残さず　名を明かさず　泉のほとり　川のほとり　静かに流れ漂うものであるかもしれなかった

逢う坂

父もなくなり
母もなくなり
さくさくと　雪のようにみぞれのように
あなたは仏を彫る

しんしんと針のしずもり　のみのしずもり
逢う坂に降る雪のさびしさ

坂は凍てて
いつしかあなたの国にもわたくしの国の足元にも揃えられた彼岸への草鞋

ゆずり葉は枯れ　ゆずり葉は芽吹いて
父なきあと　母なきあと　人住まぬ国の土のにがみ　石のにがみ
生命のにがみ

大きな時代が動いてゆくやみがたい心もて
あなたは石を彫る
ひとつの仏が生まれて
ひとつの仏がこわれて　世界中の仏がこわされて
もろもろの仏たちが寄り集って　逢う坂の峠

彫られてゆく仏に露がこぼれて
あなたも仏もかすかにほほえみ

遠くに行くように

遙かに来るように
わたくしが見つめていて

終着駅

幼い娘を連れて終着駅ばかりを歩くひとに出逢った
駅は無人であったり時として都のたたずまいを見せたりもした

奥津・菜摘・宮滝
ひびきのやさしさが風のわたりとなる

その日
ものの終りの華やぎのように
無人駅はコスモスが揺れ
すすきが丈高く穂をなびかせていた

ほら　少しでも遠くへ種子を飛ばそうとしている
若い父親は娘に話しかけた

終ろうとする初めの季節である

II

枇杷の実

瑶子さんが籠いっぱいの枇杷をもいで来る
冠木門の右側
池に濃い影を落とす大木である

枇杷は病人の呻き
死者のしのび泣きを聞いて
甘く熟れるから

生者の国へ持ちこんではならない
叫ぼうとして声にはならなかった

瑶子さんは死者の国のひとだから
やわらかに光る果実をむいて
枇杷色の果汁をしたたらせた

冠木門は閉じたまま長い留守の館である
ゆるやかに刻が狂い
ひとりまたひとり生者の国を去るひとがあった

枇杷は鳥媒花で
胡蝶に出逢ったことはないのに
瑶子さんは蝶の飾りをつけている

冬の蝶が池に落ちると
するりと髪が抜けた

池は川となり
丸坊主となった瑶子さんが
籠いっぱいの枇杷をかかえている

岸に向かって
枇杷の実をもいではいけない
叫ぼうとして声のでなかったわたしは
ついに彼女の果実を受けとらなかった
瑶子さんが哀しい目をしている

冠木門は閉ざされたまま
長い留守の館のどこかで
蔵の戸の開く音がしていた

川のほとり

川のほとりに四本の竹柱
板塔婆を立てて
五色の幡をめぐらす

水施餓鬼という
流れ灌頂という

水没者の霊は
魂魄結んで
幡の色ことごとく褪せるまで天に還れないというから

道行くひとびとは掌を合わせ
やさしく水をかけてやるのがならわしだった

いつの年よりも死者たちの足音が哀しい
濡れた擦り切れた藁草履をひきずる音が
盆の三晩
ひたひたと屋敷のまわりをめぐり続けた

死者の魂は五十年を経て祖霊に還るという
ふしあわせないくさの終りを知らず
水底に沈んで行った兄よ叔父よ
半世紀余を経て
あなたたちは今も昔のままに美しい青年将校の姿で
あるというのか

歴史が真二つに折れたあの日と同じように
月見草がゆれ
黒揚羽が飛ぶ
もはや色を持たない幡が
ちぎれちぎれて水の面に吹かれてゆく

ミソハギの紅色の花
ひとにぎりの施餓鬼の米を添えて祖霊に還る前のひととき
あなたたちに捧げる最後の挙手の礼

塔婆を川に流せば

聞こえますか
消え入りそうなか細い歌声

海行かば水漬くかばね
山行かば

生きている
死に残った遥かなわたしたちにおくる死者たちの永訣の声が

雁のように

言わないこと
問わないこと
答えないことに
耐えがたく雁が北へ飛ぶ

亡くなった魂ばかりが群れている森の梢
栃の葉が神のように手をひろげて
栃の彼方から洩れて来る
一絃の琴の深い奈落
運ばれて来る死者たちの言伝て

栃の葉はしずかに食みつくされ
ことごとく地に落ちて

ああ　こんなにも澄んだ目をして
雁は飛ぶのだろうか

滅びゆくものの美しさ
滅びゆくものの淋しさ
滅び切れないもののもどかしさが

他界から
他界へ渡る雁の渡りのように
虚空を渡る

生きて
今日滅びてゆく
わたくしたちの国の言葉

北へ飛ぶ

柚子の木の下

逃れ難い歴史の中で
ひとつの冬が滅びて　ひとつの春が生まれる

わたくしたちの初夏は静かで
柚子の花がほろほろとこぼれた

父母たちの時代を埋めた土のやわらかさ
柚子の白い花のようにさくりさくりと掬う

生まれなくても良いもの
育たなくても良いものばかりが生まれて

黒アゲハ　瑠璃アゲハ　キスジアゲハの無限孵化
蛹化　羽化

一匹の美しい蝶が飛び立つために
柚子の葉はあらかた食いつくされ

忘れてしまった歴史は思い出さず
死者たちの魂がつどい来る柚子の木の下

父も語らず　母も語らず
岸を隔て　道を隔てて　黒い羽のきらめき鱗のきらめき

わたくしたちの初夏はいつも静かで
柚子の実は青く小さいのである

屋敷倒れ

屋敷倒れがひとの背丈を越えた
わたしが嫁に来たとき　こんな草は見たこともなかった
文字通りの屋敷倒れじゃ

山師も樵もお杣もみんなこの村を見棄てて
蚕飼う者もとうにいなくなった桑畑は荒れ果てたまま
杏谷のおりんさの家がなくなり
気の狂ったこよしの座敷牢も
肺病病みの松吉の藁屋根もなくなり

もう誰も住まなくなった山里の
昔はお大尽だといわれたこの家の
松葉や薪がぎっしりと積み込まれた薪小屋は
先ず棟が崩れ二階家はやがて外側へくの字に曲がり
地に吸い込まれるように崩れ折れた
あとに生えるのは屋敷倒れだ

防災壁じゃ
岩石崩落防止じゃ
谷川の側溝工事じゃ　架橋工事じゃと
こんな役立たずの村の

工事あとには
こうして見たこともない荒々しい雑草が伸びて

刈っても刈ってもそりゃ恐ろしい勢いで伸びるのよ
草刈機の刃が立たんのよ

「あれは山猫と違うぞな」
「捨てられた猫じゃぞな」
山廻りの金右衛門が
青ざめて駆け込んできた
彼はたった一人残った山師である

杏谷のどんづまり檜林に
ぎらりと青いものが光った
いや赤いものも黄色いものも茶色いものもあった
虹色の人魂のようにぎらりぎらりと光った

暗さに慣れて

三毛　トラ　ブチ　茶マダラ　白黒
何でも二十匹までは数えたが
生き胆奪われそうで杣道をころがり降りて来た
というのだ

高速道路が出来　林道が拡張され
そうだね
ここは飽きられたペットたちの格好の捨て場
姨捨ての老女よりなお哀しく捨てられたものたちの集積場
清水の湧くこの杏谷に捨てられたものらが寄り集まったままでだ

無理も無い
この杏谷もあと数年で無人となろう
屋敷倒ればかりが山裾を覆って
捨て猫は山猫となり

それにしても
あのものたちは何を餌にして生き延びているのか

遠い昔　北原白秋にこんな歌があった

大雪　小雪　雪のふる窓に　誰かひとり
生きぎも貰はう　その子を貰はう

そのあかんぼを食べたしと
黒い女猫がそつと寄る

金右衛門の震えがとまらない
その間にも屋敷倒れは背丈を伸ばして
この里に残された僅かな者は

いつも生き胆をおさえたままである

*屋敷倒れ　ヒメジョオンに似た外来種の雑草

III

馬眠りのとき

樵は山の中で　樵唄を歌ってはいけない
炭焼きは窯の前で炭焼き唄を歌ってはならなかった

神たちは等しく歌が好きであり
妬み深くもあったから

神楽歌を微妙《めで》たく詠う近衛舎人《こんねのとねり》はある春　選ばれた使者
として東国へ下った　常陸国から陸奥国へ越える焼山の

関にさしかかったとき　ふと馬眠りし　驚いて目をさますと　あたりは深い森のしずもりであった
――ここは常陸の国ぞかし　遙かにも来にけるものかな――と心細くて　淋しさの余り〈常陸にも田をこそ作れあだ心　や　かぬとや君が山を越え雨夜来ませる〉と拍子を打って常陸歌を二三度ばかり詠った　そのときだった　いみじく暗い山の奥から　手をはたと打ち　――あな面白し――と声が聞こえたのは

おそろしげな声は舎人の耳にのみ聞こえ　従者の誰も聞かず
その夜近衛舎人は眠り死にに息絶えた
美しく常陸の風俗を歌ったがゆえに
舎人は常陸の山神に召されたのであろうか
それともまた舎人の歌声は山神よりも微妙《めで》たかったので

あろうか
あるいは馬眠りのさめぎわ　舎人は関を越えて陸奥国へ
踏みこんでいたのかもしれなかった

国境を越えて陸奥国で常陸歌を歌ってしまった舎人は異
国の神の憤り　妬みにふれて　命を奪われたのかもしれ
ない
鄙さかる東の国では地霊としての山神と風俗歌と風景は
山の神としての常陸国の名であり　陸奥国の名がそこに
あった

舎人の死はそのまま焼山の関に置き忘れられてしまった
が

樵は山の中で　樵唄を歌ってはならず

炭焼きは窯の前で炭焼き唄を歌ってはならず
子供たちは峠で童唄を決して歌ってはならなかった

桐の琴

琴は桐で作られていた　かつて森の王とよばれた古桐は
伐られて琴に作られたのだが　おとろえ果てた我が身を
愧じて　ついに鳴ることはなかった
帝に召された博雅三位は　先ず琴を抱きしめ　彼が森の
王者であった栄光の日を懐旧するかに　肌から肌への温
もりを伝えてのち　おもむろに絃にふれた　その時であ
る　身の内からこみあげる情に耐えかねたように琴が鳴
り出したのは　巨桐として生きた日のことごとくを語り
つくすが如く　それはあたかも森の高さに昇る月のよう
に澄んだ音色で自らを奏で始めたのである　垂直に生き

た森の明るさを　死者の哀しみもて語りつくした桐の琴は　そののち再び鳴ることはなかった

ある秋の一夜　羅城門の闇の裂け目で　琵琶を弾じたものは　問われて名宣らず　ひとすじの貧しい縄でからげた名器を　しずかに　博雅三位の目の前に吊りおろした　ひとときを帝からかすめ取られた琵琶の名器は　まだ仄かに温みを残して返されたのだが　管弦の名手博雅を遙かに超える気韻は　羅城門に年経て老いる鬼とよばれるもののしわざであったかもしれない

鬼の思想　闇の思想　死者の思想　告白ののち　行方も告げず歩み去るものには　逃れるべきふるさともなく桐の琴のように帰るべき森もないであろう　非力の腕に名器を引き寄せ　肌の温みを伝えたものは　片頬そがれ

た異形でもあろうか

桐の葉が散り果て　鬼は滅び
わたくしたちの国の言葉は抱かれず
みな掃き捨てられてゆく夜

桐の琴が鳴り
鬼が琵琶を奏で
抱かれない言葉に
忍び寄る冷え冷えと滅びの気配

萩の闇

萩の闇がざわめいた
名もなき貧しい神たちが聞き耳をたてているからである
まだ辺鄙な田舎の辻に
善き悪しき道祖神たちがひしめいていた時代
今日は新しい御仏の誕生があるというので
梵天・帝釈・諸天王さらには龍神までがことごとく礼拝に参集しようと武蔵寺
　への道を急ぐのである

萩の花の季節は
いつも目に見えぬものらの声が漂うような　深くこわい闇があって

不意にくぐもりの声を聞いてしまったわたしもまた
道祖神にまぎれて武蔵寺をめざした

境内はひっそりと静かで　神々が漸く飽き始めた時刻
六十ばかりの老尼を伴った翁が
鞠のようにかがまり杖にすがって現れた

もはや喪うものを持たない古希過ぎた翁は
わずかに残された白髪を剃ることで仏の弟子になりたいと希うのである
武蔵寺の老僧は涙を抑えながらひとつまみの髪を剃ってやり
連れ添う老尼は
手桶の湯でていねいに頭を浄めてやった

道祖神たちが感動して馳せ参じた新仏誕生の奇瑞とは
ただこれだけのことであり

無一物となった翁が
妻の老尼と連れ立ち
とぼとぼと帰って行った道には
ただ白く埃が立つのみであった

そののち何事も起こらず
起こりようもない静けさの中で
萩の闇は一層暗く
ほろほろと花がこぼれた

武蔵寺とは鎮西筑紫の郡の貧しい寺であるという

桂川のほとり

桂川で入水往生を志したのは　中御門京極の東にある祇陀林寺の若い僧である　彼は覚悟を告げたのち　百日間の法華懺法を行い　罪障を懺悔告白する修行に専念した

穏やかに深い桂川の水に身を沈めるという詩的な行為此岸と彼岸が水底のどこかで通い合う瑠璃色の淵　一瞬にしてその死を決める清らかな想念にひとびとは感動し　噂は忽ち都中にひろまり　貴賤老若男女　遠き近き者らは道も避けられない程に往き交い　いとやむごとない女房車さえも　尊き上人の姿を一目なりとも拝もう

と　隙もなく立ち並んだ

見れば三十ばかりの細面の僧は　半眼を伏せたまま僅かに唇を動かし念仏らしきものを唱え　時折深い吐息と共に群がる衆生を見渡した　ひとびとは僧の視線に目を合わせ　後生を願うたよりにしようと　こちら押しあちら押ししてひしめき合うのである

やがて入水の日　仲間の僧たちに囲まれた行列は盛大で　紙の衣に袈裟をつけた入水僧は　牛車に乗って桂川へ向かった　道行く姿は大層立派で　いつもの如く唇をかすかに動かし目を伏せ　時折群集を見渡しては大きな吐息を洩らした

ひとびとは魔除けの打ち撒きの米を雨霰のように撒き散

らし　僧は唇をかすかに動かした　心ある者が耳をすませていると　「いかにかく目鼻に入る耐へ難し　志あらば紙袋などに入れて我が衹陀林寺に送れ」と言う　今まさに入水往生を遂げなんとする僧が　饌米をもといた寺に届けよというのは訝しげなことと　一瞬の思いがかすめたが　それさえ　見物の熱狂の中でいつしか忘れ去られ　入水上人を拝もうとする人出は　七条を過ぎて　もはや河原の石さえも見えぬ有様となった

川岸で上人は時刻を問うた　申の刻過ぎ　落日はようやく山の端にかかろうとしていた　暮れなずむには未だ間がある　往生に刻限や定むべきと　ひとびとが漸く苛立ち始めた頃　上人は衣を脱ぎ　下帯ひとつで小舟に乗り　西に向かってざぶりと水に入った　その刹那　舟べりの縄に足をひっかけ　ずぶりとも入らず　驚いた弟子

が逆さ吊りの足をはずしてやると　逆さまに沈んで　ごぶごぶと水中をもがくのである

往生の様をつぶさに見届けようと　桂川に腰までつかって時を待っていた男が浅瀬に引き上げてやると　僧は苦しげに両手で顔の滴を払い　口に含んでいた水を吐き捨て　男に向かって手をすり合わせた「広大のご恩蒙り候ひぬ　このご恩は極楽にて申し候はん」と言うが早く脱兎の如く川下へ逃げ去った

集まったひとびとは河原の石を拾って打ちつけ投げつけ　濡れそぼれた褌ひとつの僧は　したたかに傷つきながら　それでも辛うじて逃げおおせたのである

桂川への道行きの途中　米は袋に入れて寺に届けよと言

った頃から　心あるものは入水のしぞこないを予測して
いたのであろうか　生きながら入水上人として　ひとび
とに尊敬を捧げられつつ百日間を生きた上人の決意は
時折ゆらぎながら　決して偽りばかりではなかったであ
ろうし　縄に足をとられなければ見事に入水往生を遂げ
られたのかもしれなかった

入水未遂の僧は　ひとびとの記憶がようやく薄らぎ始め
た頃　しみじみとひとに語ったという　――水に溺れて
既に死なんとしたりしとき　鼻・口より水入り入りて責
めし程の苦しみはたとひ地獄の苦しみなりとも　さばか
りこそはと覚え侍りしか　人の水をやすきと思へるは未
だ水の人殺す様を知らぬなり――　と

そら入水した僧として　哀れに恥多い説話を生き続けた

祇陀林寺の僧の惨めな述懐には　ひとときを熱くひとつ
の行為に賭けたものの　敗残ののちの不思議に静かなし
ずもりがあり　ひとりの僧が憧れ　ひとびとが共に憧れ
た水底の浄土はつねにわたくしたちを受け入れず　捨て
果つべき穢土に　最も恥多く生きるべく送り返してくる
のである

濡れた褌ひとつで桂川原を逃げ去る僧の　恥じらいさえ
も消えた言葉のひびきには　未遂の入水の彼方にそびえ
たつ　荘厳な浄土の不可能な落日があり　わたくしたち
が常に求め続ける穏やかに深い桂川の水底に　身を沈め
るという詩的な想念は　こののちいく度かの入水未遂を
重ねさせるのかもしれなかった

内記上人の厠

村上天皇の御代　内記上人の厠にひざまずき　汚物を食
おうとうかがうのは年老いた犬である　彼は前世いとや
むごとなき身の上であったが　貧婪欲心深きゆえに　か
く浅ましき姿に生まれ変わったのである
上人はいたましげに老犬を見つめた
――わたしは夕涼みが過ぎて腹をこわした　あなたはわ
たしの下したものを食おうとお待ちであろうが　由ない
わたしの汚穢など召したとて何の足しになろうか　明日
ともなれば馳走を差し上げましょう程に――
と　さめざめと涙を流しかきくどくのである

翌朝　庭には真新しい莚が敷かれ　大椀に山盛りの飯
山海の珍味を添えて振舞われ　老いたる犬はむさぼり食
らい　かくおぞましき無残よ馳走し甲斐ある食べ方よ
と　上人は更に熱い涙に咽ぶのであった
その時　横道から若く大きい犬が現れ　老いたる犬を蹴
飛ばし　馳走を蹴散らかされて宴は忽ち激しい噛み合い
となった
などかく争い給うか　と上人は若い犬の馳走の用意にと
りかかったが　既にあたりは飢えたる犬が集まり　群が
り騒ぎ　最早手の施しようもない闘諍の修羅と成り果て
た

老いたる犬のぶざまな生と本性　世に厭わしきひとびと
の来世　に思いを馳せつつ　ひとに語りかけるが如く

丁寧な言葉で犬に語りかけた上人の愛のかたちは　老いたる犬の飢えを超えて　はるかに熱く清らかであったが食うた者が食らわれ　食うた者が更に食われる　食うといううとましいいとなみを見てしまったものは　大盤振舞いのあの日から厠に立ち尽くしたまま　上人の深いため息は今も終らないのである

朝倉山の鬼

斉明七年八月一日　朝倉山の頂きから　斉明天皇の喪の儀を静かに見守る異形の者は　唐人に似た面差しを青絹の油笠に隠して雲に紛れた　鬼とよばれる淋しい姿は〈蓑着て笠着て唐箕の上でかくれんぼ〉する鬼遊びとなり　鬼の生んだ子は父に似て悪しき性やあらむと蓑虫となり　秋風の吹く日　父よ父よと　はかなげに泣いたりもするのである

蓑笠に顔を隠した常世のまれびと　遠い国の精霊たちは　青い菅草を結んで蓑笠となし　わたくしたちの国を

訪ねて　木に笠をかけたりもした

笠松　笠懸松　笠杉　笠掛杉

ひとびとは鬼と神とをやさしく胸に棲まわせ　わたくしたちの国に生い育つ　神と鬼との依り坐す異形の大樹天と地の通い路は　こうしてまっすぐにそびえ立っていったのだった

神の田のお田植えの日　骨だけの傘に花を飾った花笠としての破れたる大笠は　花鎮めやすらい花笠として

山桜　山吹　ぐみ　さざんか　杜若　花あやめ

をつけて　わたくしたちは笠の下に入れてもらうだけで

安らいだ

端午の節句の前日　菖蒲を切り揃えて荷った赤衣の男が
行く夕景色　男たちに小笠をかぶせて夏の夕べは透明に
青い風となり　青い小笠で菖蒲を荷い　赤い衣を着せた
避邪破邪としての　ひとつに括られた風景が生まれてゆ
くのである

一月　三月　五月　七月　九月

幸いの訪れるとき　魔の訪れるときとしての節句の日
こうして鬼と神はひとつところにやすらい　青く赤い風
景の底にひそむ静かに穏やかな鬼の姿を物語ったりもし
た

風が吹いて　遠くから風が吹いて来て　真黄色の風がわたくしたちの国をおおい始めて　わたくしたちの国の言葉は翳りを喪いやさしさを喪い　蓑笠に顔を隠したものらは　形をもたぬゆえに　菖蒲をかざして追い払われる鬼の姿に零落したのである

花笠が飛び
青い小笠が吹き飛び
鬼の面差しがあらわになり

わたくしたちの国は　いつしか蓑笠を脱いで　裂けて裂けて　星形のぎざぎざ

わたくしたちの国の
喪の儀を静かに見守り続けた朝倉山の鬼が龍にまたが

り

葛城嶺から生駒山へと駆け抜けていったのは二〇〇三年三月二十日のことである

柘榴

柘榴が裂けて始まる世界の放蕩
薄紅色の実がこぼれ
涙のようにほろほろと大地にこぼれて二〇〇四年
四人の大人たちにひきかえられた百五十余人の幼い命は
透明なべにいろ
鬼子母神は立ちつくしたままである

憤怒の形相猛々しい鬼のかたちは鬼子母神であり
柘榴を右手に懐に幼児を抱く天女もまた鬼子母神である
彼女は森に住む神霊夜叉神の娘で千人万人の母であったが

他人の子を捕らえて食う悪女鬼でもあった
仏は彼女の最も愛する末の息子を隠し
狂気の如く探し回る母としての彼女を戒めた
以後
悪女鬼は鬼子母神となり
求児安産育児の守護神として崇められ
子のない女たちは柘榴を捧げて祈ったりもした

神たちの言葉が通じなかった
祈りのかたちの異なるものらが争う乾いた大地
神にも国境があって高い城壁が築かれていた

バクダッドからファルージャへつながる表街道は閉ざされ
裏道から裏道へ抜ける迂回路に神たちのどっと哄笑

人間の味がする柘榴を吉祥果と呼んだのは誰であったか
天夜叉地夜叉虚空夜叉としての父の血を享けた鬼子母神は
ひとの心のうちそとに住む邪悪を砕く破邪の神であったが
異国の柘榴は密約を交わして
終りの見えない多角形の真紅
慈愛のかたち　鬼のかたちの鬼子母神は
幼児を抱きかかえたまま
言葉の異なる神たちの訳語をいま鬼のかたちで捜しているのである

暗峠

髪切《こぎり》と呼ぶ地名をご存じでしょうか
生駒の暗峠から河内へくだる小さな里
清らかに湧く泉のほとりで
青き赤き鬼が役行者にとらえられ髪を切られた鬼取りの里を

汚れた髪を洗い清められたものらは
遠い昔　この地に隠れ住む古い山人であったが
あるとき　不意に流れ来た新しい民に追われ
更に山深く分け入った
木の根草の根ことごとく食いつくした飢餓の果て

もといた暗峠の小屋に立ち戻りひと握りの稗を持ち出したまでだ
鎌もて追われ　盗人よばわりされたものらは
以後　道行くひとをことごとく食い尽くす鬼となり果てた

二十一世紀遙かなアフガンの荒野を
けし粒ほどの難民の列が続いている
置き忘れた一匹の子豚を　娘の写真を取りに戻った母の背中に銃口
は容赦ない火を噴いた

けし粒ほどの群れは河口の満ち潮のように
川上へさかのぼり
また川下へくだった
もといた家に見知らぬ人が住んで
見知らぬ人の家に見知らぬ人が　住んで
もといたあなたは誰であるというのか

暗峠では　今も青き赤き鬼が泣きながら髪を切られているのでしょうか
耳をすませば大和と河内の境
鎌もて追われた山人の
ひと握りの稗が声を殺してすすり泣く髪切の里

さくら

さくら咲く日の淋しさ
遠くから鬼が訪れて父の国の昔語り
妊ってはならない
産まれてはならないもの
を　不意に枝垂れさせて
滅びゆくものの背に　春のことだま

身のうちの異形が
ひとり歩き始めて　ひとつの生命守りがたく

生きているものの心の薄さ
らんまんの花に父は見つからず

さくら咲く日の白い淋しさ
鬼のほの笑い

父逝き　季節逝き
風流れて　噂流れて

死者に来る明日
生者に来る明日

おもむろにさくら咲き
さくら散る

あとがき

詩集『桃園の征矢』から十九年。詩誌「火牛」「存在」から二十二篇を選びました。

激動の時代、もはや私の言葉は通じないのではないか、と踏み切れないでいた私の背を、強く押して下さいました小田久郎氏。こまやかなお心を尽くして頂いた編集の遠藤みどり様。いつも温かいお励ましを賜りました新川和江先生、馬場あき子先生に、心よりお礼を申し上げます。

そして、この世でお目もじ叶ったすべての方々に、万感こめて、ありがとうございました、と。

村瀬和子

村瀬和子（むらせ・かずこ）

一九三二年大阪生まれ。能楽評論家。茶華道教授。
詩誌「火牛」（休刊中）同人。

詩集
『けしのリフレイン』（一九六八年、詩宴社）
『ひよのいる風景』（一九七三年、詩宴社）
『氷見のように』（一九八七年、知良軒）
＊第十三回現代詩女流賞、中日詩賞、岐阜県芸術文化奨励賞
『桃園の征矢』（一九九五年、思潮社）

能随筆集
『みな花のかたちにて』（一九八七年、知良軒）
『能の歳時記』（二〇〇六年、岐阜新聞社）

現住所　〒五〇二―〇八三一　岐阜市菊水町二―二〇―二

花《はな》かんざし

著者

村瀬《むらせ》和子《かずこ》

発行者

小田久郎

発行所

株式会社思潮社

〒一六二―〇八四二　東京都新宿区市谷砂土原町三―十五

電話〇三（三二六七）八一五三（営業）・八一四一（編集）

ＦＡＸ〇三（三二六七）八一四二

印刷所

三報社印刷株式会社

製本所

小高製本工業株式会社

発行日

二〇一四年六月三十日